劉金雄 著

回聲

【總序】台灣詩學吹鼓吹詩人叢書出版緣起

蘇紹連

「台灣詩學季刊雜誌社」創辦於一九九二年十二月六日，這是台灣詩壇上一個歷史性的日子，這個日子開啟了台灣詩學時代的來臨。《台灣詩學季刊》在前後任社長向明和李瑞騰的帶領下，經歷了兩位主編白靈、蕭蕭，至二〇〇二年改版為《台灣詩學學刊》，由鄭慧如主編，以學術論文為主，附刊詩作。二〇〇三年六月十一日設立「吹鼓吹詩論壇」網站，從此，一個大型的詩論壇終於在台灣誕生了。二〇〇五年九月增加《台灣詩學・吹鼓吹詩論壇》刊物，由蘇紹連主編。《台灣詩學》以雙刊物形態創詩壇之舉，同時出版學術面的評論詩學，及以詩創作為主的刊物。

「吹鼓吹詩論壇」網站定位為新世代新勢力的網路詩社群，並以「詩腸鼓吹，吹響詩號，鼓動詩潮」十二字為論壇主旨，典出自於唐朝・馮贄《雲仙雜記・二、俗耳針砭，詩腸鼓吹》：「戴顒春日攜雙柑斗酒，人問何之，曰：『往聽黃鸝聲，此俗耳針砭，詩腸鼓吹，汝知之乎？』」因黃鸝之聲悅耳動聽，可以發人清思，激發詩興，詩興的激發必須砭去俗思，代以雅興。論壇的名稱「吹鼓吹」三字響亮，而且論壇主旨旗幟鮮明，立即驚動了網路詩界。

「吹鼓吹詩論壇」網站在台灣網路執詩界牛耳是不爭的事實，詩的創作者或讀者們競相加入論壇為會員，除於論壇發表詩作、賞評回覆外，更有擔任版主者參與論壇版務的工作，一起推動論壇的輪子，繼續邁向更為寬廣的網路詩創作及交流場域。在這之中，有許多潛質優異的詩人逐漸浮現出來，他們的詩作散發耀眼的光芒，深受詩壇前輩們的矚目，諸如鯨向海、楊佳嫻、林德俊、陳思嫻、李長青、羅浩原、然靈、阿米、陳牧宏、羅毓嘉、林禹瑄……等人，都曾是「吹鼓吹詩論壇」的版主，他們現今已是能獨當一面的新世代頂尖詩人。

「吹鼓吹詩論壇」網站除了提供像是詩壇的「星光大道」或「超級偶像」發表平台，讓許多新人展現詩藝外，還把優秀詩作集結為「年度論壇詩選」於平面媒體刊登，以此留下珍貴的網路詩歷史資料。二〇〇九年起，更進一步訂立「台灣詩學吹鼓吹詩人叢書」方案，鼓勵在「吹鼓吹詩論壇」創作優異的詩人，出版其個人詩集，期與「台灣詩學」的宗旨「挖深織廣，詩寫台灣經驗；剖情析采，論說現代詩學」站在同一高度，留下創作的成果。此一方案幸得「秀威資訊科技有限公司」應允，而得以實現。今後，「台灣詩學季刊雜誌社」將戮力於此項方案的進行，每半年甄選一至三位台灣最優秀的新世代詩人出版詩集，以細水長流的方式，三年、五年，甚至十年之後，這套「詩人叢書」累計無數本詩集，將是台灣詩壇在二十一世紀中一套堅強而整齊的詩人叢書，也將見證台灣詩史上這段期間新世代詩人的成長及詩風的建立。

若此，我們的詩壇必然能夠再創現代詩的盛唐時代！讓我們殷切期待吧。

二〇一四年一月修訂

自序

這是個人的第二本詩集，距離上一本個詩集（二〇一〇年十二月）已經四年了，集結了五十四首比較滿意的作品，四年才集結了五十四首，可謂少產了。書名「回聲」無疑是對這四年的反省與回憶。

輯一名為「一門冷了好久的礮」，共收集了十五首作品，我這超越五〇的年紀，如果曾經是一門礮也是已經冷了好久的礮了，這個後冷礮時代，對生活的詠嘆自然要比激情多的多，曾經美好的仗打過以後，傷疤是驕傲也常是懺悔，這輯的詩多為對歲月的歌頌或回憶，偶有打腫臉充胖子，攬鏡自戀的作品也屬理所當然。

輯二名為「說愛」，共收集了十九首情詩，情詩最好別直接說情論愛，避免落得太過矯情，是的！但此輯卻直接以「說愛」為名，顯見我的情詩偏向直白簡單。集結後才發覺自己寫的情詩多為短詩，全輯詩作中最長的詩僅十四行，短於十行者竟占了十首，可謂絕對的詩短，至於情長不長，則由讀者定奪。

輯三「回聲」與書名同，共收集了二十首詩作，此輯詩作多半是對生命發出的喟嘆，其中包含了兩首悼念好友與母親的詩，近幾年內歷經了好友與母親的離開，歷史是一條永不停止的河，停下來的是洪流中被沖上岸的石頭，讓這些詩如同這些小石頭，是歌頌也好，是羈絆也好，看看自己在歲月的山谷中曾經自肺腑用力喊出的聲音，在歲月的衛星地圖上是消失了或是成為繞樑三日的回聲。

如以年份去記錄，再佐以輯別去分析，便不難發現自己在哪個年份對生命歲月發出何種聲音，而對這本詩集所期盼的，只不過是山谷中一點點小小的回聲罷了！

作品發表年	輯一	輯二	輯三	合計
2010	1			1
2011	4	3	5	12
2012		2	7	9
2013	4	3	6	13
2014	6	10	2	18
2015		1		1

輯三、回聲

輯一、一門冷了好久的礮

梳子

一支檀木老梳子
缺了幾顆門牙

痛
妳因歲月糾結脫落的髮
想必比我更痛

妳喜歡我撫著妳的烏黑長髮輕聲說早安

但今早我撒了謊
不願告訴你

這些日子以來
用妳掉落的髮編織的
今冬用來禦寒的黑色毛衣
髮根處
已悄悄發了白

二〇一〇年十二月

吃蟹

秋天吃蟹
除了鎮江醋去腥
以紹興佐詩外
尚有一種征服之快意

首先是雙目對峙
攤在臉上的一對眼睛
戰俘般不再炯炯有神

再來是喝斥其繳械
斷其雙螯
小鎚碎其骨骨肉肉

接下來褪其盔甲
利劍穿其胸肺
淩遲而分食之
膏膏黃黃吸乾舔淨

最後才是利剪除下的六條瘦腿
折膝斷筋後
深吸一口吮盡其血肉
哈！看你還如何橫行
如何霸道

幾隻秋蟹下肚
酒熱方酣
雄風隱隱揚塵而起

吹熱了胸膛也熱了
褲襠

二〇一一年七月

蛻

如果舞動一雙翅膀的蝶才是生命的開始
而我現在這般愚蠢的蠕動與
醜陋得令人唾棄的長相
即無所謂好壞

我快樂地活著宛若
尚未成為詩歌之前的文字
一個充滿希望的符號
快樂地編織一個繭
喜樂地在裡頭停止呼吸

問我在化蛹的過程中
是活著或者死去？

我什麼也不是
整天就只靠一個夢存在著
一個
翩飛起舞的夢

二〇一一年八月

憶載金城上一門冷了好久的礮

城上
一門冷了好久的礮
像隻睜大的患了白內障的眼睛
從礮口望出去
搜尋不到敵人的座標
海面浮起的一顆紅夕陽
黃昏時便成為射擊練習的標靶

冷了太久的礮
精囊裡早就槍盡彈絕了
一門礮

因為沒有敵人而冷得太久
是一種驕傲或
一種悲哀

今晚夜色迷離
他們要我努力勃起
說是要在我的礮管裏施放
絢爛的
煙花

二〇一一年九月

洶湧

時間洶湧著歲月
歲月洶湧著額上的皺紋

那年起
額上的波濤
就再也沒有平息過

倒是妻子啊
曾經驚濤駭浪的胸口
持續著退潮的狀態
海岸線越來越後退

春夜裡
幾個突然被撩起的濕軟的夢
嘎然
擱淺

二〇一一年十一月

耳掏

春風自八方拂至
滿城謠言四起
儘管你裝作充耳不聞

置於耳後那根大鬧天庭的的金箍棒
含氣一吹
便成為大小長度適中
尾端略為翹起的耳挖

不需點燈
輕輕柔柔伸進幽暗的礦道

左旋右旋再輕輕移出
一鏟白的發亮的耳垢
便從甬道中送出
置於掌中那麼一搓
那些謠言雪片般四散紛飛
一切塵埃落定
好不快哉

說時遲，耳道怎又癢起
莫非是
妻子在八千里外
如來般嗅到我偷吃的腥味

二〇一三年二月

告別預習

當我從一個安詳的仰躺睡姿
你用一把火
將我失去靈魂的軀體驚醒時
我將留下什麼

身上的碳水化合物
嶙峋的一把瘦骨
與一些我無意間犯下的業障
都一併燃成灰燼

你是否找到那多年纏繞著我的年輪
一圈包覆著一圈的鄉愁

請為我飛一支可以俯瞰故鄉的風箏
我可以灰飛
也可以湮滅
告訴你這些
是怕我燃燒後的身影
你一掌什麼也握不住
而我的聲音屆時也將輕如
一陣柔柔的風

二〇一三年三月

禁書

曾經是患有潔癖的貴族
被莫須有的罪名囚禁
無非就是違反善良風俗那般的無聊理由

置我於不見陽光的角落
炙我的喉
割我的耳
盲我的雙眼

漸漸地
我學會不再反抗與忿忿不平
豢養幾隻蠹魚當作寵物

其中一隻抱怨說
跋就快啃完了
我伸手摸摸快被掏空的胃腹
甜點恐只剩下
那頁
版權所有，翻印
必究

二〇一三年三月

佔領

一堵剝落的牆面被攀牆虎的綠色佔領
立大志的胸膛被一隻斗大的蜈蚣佔領
無言的天空被放出的一隻風箏佔領
人群中的視線被兒子的身高佔領
耳後到鬢角驕傲的黑髮被一抹古道的白芒，橫行霸道的佔領

相信這次無人敢再出面
喝止
我將前往佔領
一畦幾坪大的風水

二〇一三年三月

年

總要把一件全新的衣裳
留待年夜飯前
全身洗刷得一塵不染後
才捨得穿上

衣櫥裡懸著那件
剛褪下的衣服
宛如額前
一條全新的皺紋

小心翼翼地坐下，起身
不掃地不洗碗不持剪刀
深怕一個不留神
會把這條全新筆挺剛入世的歲月
弄皺

二〇一四年一月

年過半百

沒有比今天更美的了！
藍藍的天
柔柔的風拂著白雲
世間沒有比今天再美的任何
一天

童年的一顆球自地上狠狠拋起
如今該是最頂點了
一朵自種子撒下就開始期待的嬌艷
正盛開著
整個園子都在為我歡呼

我卻從此刻開始
恐懼著
身上的哪一瓣
會率先凋
零

二〇一四年二月

三月柳岸

春天剛剛發芽
繁花未興水波無紋
風輕撫著我初發的短髮

幾隻無憂的小魚浮出水面
天真地問
為何要在冰冷的寒冬裡剃度
去年濕了一夏的那撮
長髮呢？

二〇一四年三月

灰燼

風別颳起
是我此刻唯一心願
讓我靜靜地接受一次光榮的死亡

雨別落下
讓我身上的溫度慢慢冷卻
如一隻自然死亡的鹿
那些走過的山徑啊
讓我殘留的體味
慢慢地消失

黑暗來了
我溶入夜的體溫
依然霸佔住森林相同的位置
只是不再佇立
明日將有登山人踏我成山徑
只是不復記得我的容顏

且讓我在灰飛煙滅之前
再一次冥想
昨日的巍峨
與
捕捉清風於春夏之際的
枝葉颯颯

二〇一四年三月

門

舉足跨過
昨日
門檻說高不高
五十年歲月這麼高
竟然輕輕一舉步
便跨了過來

不遠處是
明日
門楣說低不低
只要躬身哈腰

嘻笑欠身
外加一個踉蹌
就進得去

二〇一四年六月

梳頭

總還想著
在荒煙漫草中
犁出個春天來

怎奈山谷間只見
瑟縮的幾莖葦花
飄搖

二〇一四年十二月

輯二、說愛

在天空寫詩

無風的日子
請煙囪在天空中為我寫一首
長長的情詩

柴火是焦急的，嗆人熱淚的
而灰燼是無言的白
鑊內的晚餐是溫暖的
等待

怕寫的太多
把心事說得太不含蓄
把藍天寫成灰濛濛的直白

更怕的是一陣突如其來的風
連愛都還來不及寫
就把相思都
擦去

二〇一一年十一月

曇花

想念的源頭
源自最底的根
為你醞釀一季芬芳
奮力向上舉起
在你俯身即可嗅觸的高度
綻放

即使今生只見你一面
即使很短

二〇一一年十一月

消息

問一條河關於你的漂流
問一條路關於你的蹤跡
問一陣風關於你的方向

河水回答我以無聲的泡沫
路面回答我以顛簸
風沙回答我以寒冷

泡沫說：見過一隻夜夜懸著燈尋覓的小船
顛簸說：見過一雙踏破的鞋仍在行走
寒冷說：見過一件破棉襖仍在冬雪中發燙

二〇一一年十二月

造愛

我的愛情
被視為是極其落伍的

不懂花言，不懂
種花買花送花
惹人歡心

我的愛情
執意一路往回走
走回那個含蓄且隱晦的時代
磨破一雙又一雙鞋

走過一個又一個朝代
經過貴妃也遇見貂蟬
無一讓我動容

走回那個比倉頡更早的年代
只為了在所有文字出現之前
為你造一個
愛

二〇一二年十月

恆河

你濯足於上游
我便在下游
飲你的氣息與憂傷
飲你一路來的顛簸

故鄉與異鄉的距離
河水說
水流多長，思念便有多長

你沐浴於河中
我便在下游

飲你的淚
飲你的滄桑
飲河面上的夕陽如飲昨日
火紅的諾言

二〇一二年十二月

醉

就這樣過了一個下午

小酒館裡
馬丁尼只醉了那只杯子
我則醉於那女人

輕風搖曳
半露的酥胸與窗外的花
誘人的微微顫動
盈滿的酒香
就要溢出杯口

那女子望著窗外
窗外那朵嫣紅的夕陽
是如何醉的便不得而知

二〇一三年三月

長巷

比巒峰更高的是兩隻飛鳥
比飛鳥更高的是天空
比天空更高的是我的想念
比想念更高的是無盡頭的等待

比等待更深的是
額上歲月
比歲月更長的是那條分手的
長巷

二〇一三年四月

冬眠

你離開
我便瘦如一條小小的青蛇
瑟縮在冬天的角落

用自己的溫度
取暖自己
擁著雪一般溫暖的蛇蛻入不成眠

胃腹裡僅存的食物
反芻之後再反芻
一次一次

直到時間的味道
都淡然
無味

二〇一三年十一月

癡

我瘦得如一柄傘骨
只為了讓你
一掌便能盈腰握住
我亦蠢如雨前之傘
靜靜地等
在無聲的角落
期待
突來的一陣驟雨

你便能將我緊緊
握住

二〇一四年三月

五形外記

火，曾經奮不顧身，焚毀一切之前就先自焚
木，昂然吐出一縷輕煙后，灰燼仍堅持著族譜中的一種巍峨
水，心冷冽成雪，拓印離人的腳步
金，千錘百鍊，利刃只願鏽回礦脈的童年
土，覆我以枯枝腐葉，下一季仍堅持獻出滿園甜美的汁液

二〇一四年五月

唯一

整個花園
只栽一株玫瑰
那便是我的繁花

落盡
仍是我全部的
春天

二〇一四年五月

相望

扁舟往返兩岸
水痕在煙雨江面寫著思念幾行

簇擠岸邊
晨昏等著渡河的葦花
水已淹濕衣襟
讀江水
瘦成幾莖
茫然

二〇一四年五月

那裡

河說，我到那裡，岸就到那裡
岸說，我到那裡，離人就到那裡
離人說，我到那裡，思念就到那裡
思念說，我到那裡，一條河便橫在那裡

於是都不說了
只嗚咽著

二〇一四年七月

豐收

馬蹄沓沓
踏過這個鄉愁豐收的季節
異鄉正繁花盛開

思念是當初不經意攜來的種子
信手一丟
竟在他鄉無邊無際地蔓延開來

誘人的累累果實啊
其味甘甜亦或苦澀
還來不及咀嚼

便聽見有個聲音在你口中
呼痛

二〇一四年八月

港灣

夜襲來無邊無際的黑
循一盞燈火而來
誰接住小船拋出的纜啊

遞出一個安穩的臂彎吧
我甫從駭浪中盪來

你環抱的雙臂如港灣
驚濤
只敢在溫暖之外

偷拍不安的
浪

二〇一四年九月

我只有一個大氣壓的表面張力

夜裡
龍頭再也鎖不住的思念
一滴一滴滲漏

我的心是一只淺淺的杯
很快就要滿溢
快！遞上妳的吻
堵住
我的口

二〇一四年九月

說愛

我們是
兩條美麗的蛇

一言不合
便狠狠咬住彼此咽喉
纏繞又纏繞彼此
幾乎要合而為一

將致死毒液注入彼此體內
先是要對方目盲
而後逐漸失去自我

誓言要對方
至死
不渝

二〇一四年九月

紅酒

軟木塞
緊守著窖藏多年份的堅貞
婀娜瓶身裡
多令人神往的秘密啊
多少覬覦的味蕾
春風不來，紅簾不掀

一隻木訥魯莽的鑿子
對準瓶口
迂迂迴迴，深入又深入

一隻輕輕解開鈕扣的手
搖晃暈眩之間
深情的舌尖試探神祕的瓊漿玉液

二〇一四年九月

攀牆虎

從一顆彌小的種子開始
就注定要在這堵牆上寫詩

細細的觸鬚緊緊地
擁抱這面斑駁
又略帶滄桑的牆面

日以繼夜
馬不停蹄地往上書寫
往上，再往上

只為了
趕在妳掩窗之前
趕在冬風凋零之前

二〇一五年一月

輯三、回聲

流浪漢與報紙

門沒鎖
地下道根本沒門
他喜歡角落
有一丁點依靠的感覺
偶爾自言自語
欺騙自己並不這麼孤獨

翻開腋下夾著的撿來的報紙
副刊照例枕在頭上
殺人放火的社會版頭條則充當棉被
總要個三兩張才能從頭蓋住腳

而無關痛癢的國際版
捏揉成一陀
揉的軟一些明兒個
好上茅房用

這份尚算嶄新的報紙
是他唯一的財產
影視版一位酥胸半露的女人
是他今晚夢遺的對象

他跟明天
與明天的報紙
都屬尚不存在的
假設性問題

二〇一一年四月

有人在下山的路上寫詩

北橫達觀一千五百米往山下
一路上
車子在山谷間蜿蜒迂迴

一個彎轉成一個風景
山不轉路
轉
雲霧在路上緩緩散步
像裹小腳的女人
眼睛的能見度五十米
心卻已開闊成一個平原

被山谷間的風景媚惑
突然失了神
直到路邊矗立的警語跳出
定睛一看
才發現
有人在下山的路上寫詩

慢、慢、慢
慢、慢
聲聲
慢

二〇一一年五月

火柴棒

幾根瘦小的火柴棒
擠促在不見天日的盒子裡
密謀

縱火

一生都在等待
一次轟轟烈烈的燃燒
火是唯一的榮耀
灰燼是唯一的宿命
不屑於烹煮一餐飯或燒熟一塊肉

最好是燃起燎原之火
風雲日月且為之變色

一位躡腳走進紅燈區的中年男子
褲襠裡似乎也藏了一枝火柴棒
尚未彎進巷口
下半身的慾火
怎當街自焚了起來

二〇一一年五月

秋蟬

一聲蟬鳴
竟有一個夏天這麼長

循著聲音找
只見爬在樹上
幾隻假動作的
蟬蛻

風吹過空心的蛻
無聲
抖了一下

掉落時仍維持著
夏天的姿勢

二〇一一年六月

江中讀詩——紀念屈原

我在江中讀詩
讀給魚蝦水草聽
讀著水裡的氣泡
水草長成風中飄逸的散髮
魚兒徹夜闔不上眼
漁人在江邊撈起一串串
濕淋淋的
又鹹又長的
離騷

男兒有淚
有淚在水中尤然是
說不出的苦

苦也無從紓發
從岸邊縱身一跳之後
就再也
離不開水

就這樣吧！
注定我的一生要在水中度過
幾世輪迴還是屬於
水

二〇一一年六月

四面環海的島上

一、蒲公英

尚未長大的孩子啊
媽媽在你們背上綁好降落傘
這是家族傳統
一出生就得御風飛行
至於存活率
近年來越來越低

不過別灰心
我不就是去年的
倖存者

二、神木

別膜拜我
神祇是容易觸犯天條的稱謂
我輩的死亡不脫是天打雷劈
別問我年齡的事
我的偉大不在於樹幹上的年輪

幾千年來
我的根一刻都不敢鬆手
緊緊抓住一個
地球

三、風生水起

島民大口呼吸，像上岸的魚
用二氧化碳燃燒海水
在溫暖的太平洋豢養兇猛的颱風

夏天他們恣意在風雨中慶祝，在街上遊行
邀請山上的土石也走進街道，房子也在路上走，橋也在走
父親母親也跟著土石流一起走
所有都走後
只剩

空空洞洞的天

四、森林
他們開始種植綠色的樹
把祖先從墓地叫醒去租賃靈骨塔
改種櫻花
大部份的島民把綠色植物種在離地一．五公尺的室內
把蔬菜水果種在陽台

把高樓茂盛的種在
土地上

二〇一二年五月

小城春天

河面無波
水面上的倒影
一條小橋彎彎笑了
撐篙的船夫哼著歌
小船更輕了
只有他與饑餓的重量

詩人打橋上走過
船痕拂亂了河面的笑影
吟唱未完的半首詩
浮浮沉沉扭扭曲曲從橋頭

映著夕陽一路浮掠到天際
幾隻瘦鯉
爭食著

清風，掠過楊柳
客棧裡飄出燉湯的肉香盡是
瘦骨
城內應無胖子
滿城盡是輕盈的腳步
一條舊石板橋盈盈的笑彎了腰

二〇一二年五月

國界

太陽一樣從東方升起
板門店依舊關門不做生意
北緯三八度線
界碑之後站著界碑
拒馬之後還有拒馬

他們的國旗
一面朝南，一面朝北
人民朝著不同的方向敬禮
來福槍跟仇恨因共同目標而對峙
咒罵時用親切的語言

一隻飛鳥
躲過長白山的獵人
從鴨綠江的方向飛來
掠過三八度線
折返後
又繼續南飛

二〇一二年五月

悼好友S.P.

凌晨四點鐘
一隻錶停了
沒有聲音，猶如
你的心臟

我說那尚且是只年輕的錶啊！
裝載著快樂的歲月
那浪蕩不拘
帶著一點哀愁的

聽說你沒有喊痛
沒有抱怨
沒有令人煩躁的呻吟
如案上的一隻錶那般
嘎然無聲

我發現時已是次日
趕往你靈前上香的路上

你的訃聞如此蒼白
沒有未亡人
沒有孝子持幡
無牽無
掛
那半頁空白

且就印上我們曾經
族繁不及備載的
美好

二〇一二年十月

你們叫我人妖

我的身體裡
住著一個嬌媚的女人
美得如此艷麗
似一朵綻放的花

你們都來看我
但並非帶著看花的心情來

你們仔細看啊
看我的曼妙舞姿
看我的嫵媚面容

看我的美艷身材
看我的
渾圓堅挺的乳房
什麼都遮掩不住的黑色丁字褲
與
小巧可愛的喉結

看見了嗎
那個美麗的她
在我的身體裡
正被無數犀利目光
閹割

二〇一二年十月

回聲

昨日你手中拋出的一枚錢幣
落地時咚咚地響著
響著今日
無關於人頭或字的概率問題
無關信仰
無關虔誠與否

鏡中你自昨日掉落的一枚微笑
今日怎的遍尋不著
卻意外拾獲幾條魚尾紋

你決定再度返回山谷
聽聽自己年少時
自肺腑用力喊出的一句
青春

二〇一二年十一月

越南

一、未成年

出租房的木頭雙人床
習慣性的睡在左邊
而右半邊
是寂寞

雜貨店打扮妖艷的女人
正大光明的販賣香菸給
未滿十八歲的孩子
卻不賣保險套

叼著菸的老鴇
只賣保險套和
未滿十八歲的女孩

街道在流血
從婦產科墮胎的病床上
從少女的雙腿之間
流向白色的床褥

街道還在流血
依稀仍可聽到子彈呼嘯而過的歡呼聲
滿街的廢墟是最好的掩體
曾經堆疊成沙包的屍體也是

半熟鴨仔蛋的腥羶
和紅燈戶一名年輕妓女
撩起裙子張開雙腿的味道
異曲同工

在這個貧脊的年代
人們都很早熟
並且對著美國人說：
是胡志明贏了戰爭
而且我們從來沒有未成年的問題云云

二、恐懼

子彈在那頭呼嘯
而妓院仍要打卡上班

因為帶著上膛步槍的大兵們
仍然需要做愛

他們很快射完精
然後躺在我柔軟的乳房上
哭泣著說
恐懼一顆子彈會不及防的
貫穿他們的胸膛

吸吮著我的乳頭說
恐懼一枚炸彈的掉落
會讓他們永遠不舉
還輕聲喊著媽

我用乳房擦乾他的淚
把鋼盔戴回頭上
親吻他臉頰
並囑咐他記得帶走槍
且關門前
別忘了帶著微笑與剛剛勃起的
勇敢

三、父親？
我們一起嬉戲
在瓦礫堆旁
在殘壁之間
捉迷藏
他們跟我一樣
沒有父親或沒有姓氏

他說他的父親
跟一枚炸彈一起碎裂
在空中
撿回來的炸彈碎片比他的身體多
一些

你說你沒有姓氏
戴鋼盔的白色野獸黑暗中
侵入村子
侵入母親的身體
而你的臉便一路蒼白到現在

我的父親也許
也許還活著

在叢林裡，游擊
在地道裡，匍匐
跟我們一樣
正在跟美國白佬玩躲貓貓

只是他們拿鮮紅的血當賭注
而我們撿拾步槍彈殼與炸彈碎片
幸運的人
到村口可以換一支
很甜的棒棒糖

二〇一二年十一月

蚯蚓

一伸一縮之間
又前進一吋
邊吃邊掘邊排遺

南極到北極之間
我胸中畫著一張
最短距離的
地圖

二〇一三年一月

無水之河

最悲哀的不見得是幾尾枯魚
相濡之沫乾涸後
一條河便從一個仰躺的姿勢
翻過身來
讓你瞧瞧它的腹內
苦水之外還有
掏不盡的嗚咽

當一條河站成一條路
最最悲哀的莫過於
岸

一條連月光都攬不住的河
波光盪漾是哀傷的記憶
一條橋怎麼用力也抓不住
早就被隔閡的兩岸

二〇一三年三月

沙漏

看見一片夕照沙灘
透過一片弧形玻璃
看見潮落帶走一整片沙

地球一個翻轉
透過一片弧形玻璃
我看見曙光

因為我的眼睛剛剛通過
黑夜的瓶頸

二〇一三年三月

茫茫

一條河
無水是悲劇
而無岸
是舉目不盡的
茫然

二〇一三年四月

池魚

一輪明月
波光粼粼的水面
兩岸之外還有兩岸
沒有啼不住的猿聲

四個岸上楚歌不斷的唱著
上游不是高山溶雪
下游更不是海洋
而是鼎鑊

二〇一三年五月

媽媽寫的詩

她年輕時在土地上犁出幾行詩
空心菜三行要多澆水
地瓜葉四行不能淋太濕
包心菜兩行很怕蟲子咬
汗水兩行，微笑一行
小小的我在土地的詩稿中玩耍
她說：太陽很大，快到樹蔭下去

在牆上寫詩
標會日期，標金多少共兩行
賒欠雜貨店米錢共七行

跟大伯借貸我的學費一行
幾行寫完燈泡卻熄了
早點睡！明天要早起上學

晚年臥在床上輕輕讀詩
高血壓病歷
安眠藥跟老人痴呆症病歷
胃藥，大腸病變病歷

念我的詩給媽媽聽
她讀過兩年日據小學並不識字
顫抖的手拿起詩刊瞇著眼看
讀得懂嗎？
她點頭

說可是字體太小了
用泛著淚光的眼眸看著我說
孩子，你是我寫過最好的詩

二〇一三年五月

第二春

已然失去太久
曾經錐心刺骨之痛
隨風淡然

然而那個重要位置
一直空蕩著
佳餚當前就會不自覺的思念
曾經的美好

雖說是耳順之年
但我仍恐懼失落

並沒有想像中的排斥
只幾天的不習慣
隨即漸入佳境

牙床上那個空蕩蕩的臼齒位置
醫生溫柔地為我裝上金屬色的假牙
從此
不再齲齒
不會動搖

二〇一四年十月

單

一雙母子
在學校操場邊

單親媽媽在樹蔭下
看著快樂踢球的兒子

小男孩
熟練地帶球前進
彷彿有人阻擋般
左閃右閃，假動作閃過幾個影子

終於
在十六碼球門前停了下來

因為那守門員
也是他
自己

二〇一四年十月

吹鼓吹詩人叢書27　PG1410

回聲

作　　者／劉金雄
主　　編／蘇紹連
責任編輯／盧羿珊
圖文排版／周妤靜
封面設計／王嵩賀

發 行 人／宋政坤
法律顧問／毛國樑　律師
出版發行／秀威資訊科技股份有限公司
114台北市內湖區瑞光路76巷65號1樓
電話：+886-2-2796-3638　傳真：+886-2-2796-1377
http://www.showwe.com.tw
劃撥帳號／19563868　戶名：秀威資訊科技股份有限公司
讀者服務信箱：service@showwe.com.tw
展售門市／國家書店（松江門市）
104台北市中山區松江路209號1樓
電話：+886-2-2518-0207　傳真：+886-2-2518-0778
網路訂購／秀威網路書店：http://www.bodbooks.com.tw
國家網路書店：http://www.govbooks.com.tw

2015年11月　BOD一版
定價：200元

國家圖書館出版品預行編目

回聲 / 劉金雄著. -- 一版. -- 臺北市 : 秀威資訊科技, 2015.11

面； 公分. -- (吹鼓吹詩人叢書 ; 27)

BOD版

ISBN 978-986-326-359-3(平裝)

851.486　　104021275

讀者回函卡

感謝您購買本書，為提升服務品質，請填妥以下資料，將讀者回函卡直接寄回或傳真本公司，收到您的寶貴意見後，我們會收藏記錄及檢討，謝謝！

如您需要了解本公司最新出版書目、購書優惠或企劃活動，歡迎您上網查詢或下載相關資料：http:// www.showwe.com.tw

您購買的書名：______________________________

出生日期：________年________月________日

學歷：□高中（含）以下　□大專　□研究所（含）以上

職業：□製造業　□金融業　□資訊業　□軍警　□傳播業　□自由業

□服務業　□公務員　□教職　□學生　□家管　□其它_____

購書地點：□網路書店　□實體書店　□書展　□郵購　□贈閱　□其他

您從何得知本書的消息？

□網路書店　□實體書店　□網路搜尋　□電子報　□書訊　□雜誌

□傳播媒體　□親友推薦　□網站推薦　□部落格　□其他__________

您對本書的評價：（請填代號　1.非常滿意　2.滿意　3.尚可　4.再改進）

封面設計____　版面編排____　內容____　文／譯筆____　價格____

讀完書後您覺得：

□很有收穫　□有收穫　□收穫不多　□沒收穫

對我們的建議：______________________________

____

____

____

請貼
郵票

11466
台北市內湖區瑞光路 76 巷 65 號 1 樓
秀威資訊科技股份有限公司 收
BOD 數位出版事業部

（請沿線對折寄回，謝謝！）

姓　　名：＿＿＿＿＿＿＿＿＿＿　年齡：＿＿＿＿　性別：□女　□男

郵遞區號：□□□□□

地　　址：＿＿＿＿＿＿＿＿＿＿＿＿＿＿＿＿＿＿＿＿＿＿

聯絡電話：(日) ＿＿＿＿＿＿＿＿＿＿ (夜) ＿＿＿＿＿＿＿＿＿＿

E-mail：＿＿＿＿＿＿＿＿＿＿＿＿＿＿＿＿＿＿＿＿＿＿